© 2004, Júlio Isidro (texto)
© 2004, Inês do Carmo (ilustrações e concepção gráfica)

Execução gráfica:
GRAFIASA
Rua D. Afonso Henriques, 742
4435-006 Rio Tinto – Portugal

1ª edição: Novembro de 2004
Depósito legal nº 217268/04
ISBN: 972-41-4081-4
Reservados todos os direitos

ASA Editores, S.A.

SEDE

Av. da Boavista, 3265 – Sala 4.1
Telef.: 226166030 Fax: 226155346
Apartado 1035 / 4101-001 PORTO
PORTUGAL

E-mail: edicoes@asa.pt
Internet: www.asa.pt

DELEGAÇÃO EM LISBOA

Horta dos Bacelos, Lote 1
Telef.: 219533800/09/90/99 Fax: 219568051
2695-390 SANTA IRIA DE AZÓIA
PORTUGAL

Júlio Isidro

É tudo primos e primas

Ilustração Inês do Carmo

EDIÇÕES
ASA

NVENTAR UMA HISTÓRIA

– Mas vocês pensam que eu tenho uma fábrica de histórias na cabeça? – perguntou o tio.

Os miúdos estavam de férias, já tinham jantado e a noite estava linda, sem vento e com uma temperatura agradável. Sentados na relva do jardim, queriam ouvir uma história nova.

– Se o tio escreve uma história todas as semanas, também pode inventar uma agora – reclamou a Mariana.

O Tio Julião parou para pensar e descobriu uma boa resposta para o desafio do grupo de primos:

– Então hoje, vamos inventar uma história em conjunto! Cada um dá uma ideia e a história vai aparecendo. De acordo?

– Fixe, fixe! – concordou o grupo.

– Então começa o Max!

O miúdo, encarnado como um tomate, lá começou:

– Uma vez fomos todos juntos ao Jardim Zoológico! Como estava muito sol, levávamos chapéus de palha. Os primeiros bichos que fomos visitar, foram os elefantes…

Aí a Mariana continuou:

– Quando estávamos a olhar para eles, vem um mais espertinho e com a tromba tirou o chapéu ao Max e comeu-o!

O Xavier achou graça à ideia e deu outra:

– Quando estávamos a lanchar ao pé da Aldeia dos Macacos, um aproximou-se da Francisca e levou-lhe a banana que ela ia comer!

Nesta altura, já a risota era total com a invenção da história. A Francisca acrescentou irritada:

– É que o macaco gosta de bananas e eu não gosto de ti!

O Xavier não ligou à irritação da prima e o Lourenço avançou com a história:

– Depois, no Lago dos Pinguins, a Mariana estava a comer um gelado e um pinguim deu-lhe uma lambidela que quase o levou todo…

– Pois foi, mas eu atirei-me à água e comecei a nadar atrás do pinguim para lhe dar um puxão de orelhas!

– Como, se os pinguins não têm orelhas? – perguntou o Max, a gozar.

– Está calado porque o elefante levou-te o chapéu!

– Não faz mal, porque chapéus há muitos!

O Tio Julião assistia divertido:

– E depois o que é que aconteceu?

– Depois fomos à Maternidade das Galinhas, onde estava uma, chamada Dona Gertrudes a chocar os ovos – continuou a Francisca muito romântica.

– O que é isso de chocar ovos? – perguntou o Lourenço, porque chocar para ele era dar encontrões nos colegas da escola.

– As galinhas estão a chocar quando se sentam em cima dos ovos. Com o calor os pintainhos crescem lá dentro, depois partem a casca e nascem.

O Max queria que a história continuasse de outra maneira:

– Vamos à Maternidade das Galinhas para a semana porque agora é preciso acabar a história, do meu chapéu, do gelado e da banana que desapareceram.

Muito em segredo os cinco primos combinaram um fim para a história. E a Mariana foi a primeira a falar:

– Depois fomos ao restaurante acabar o lanche e voltámos aos mesmos sítios. O Max tinha um chapéu de palha novo e quando passou pelos elefantes, veio o mesmo e comeu-o!

Logo a seguir começou aos espirros e a beber muita água…
A Francisca levava outra banana na mão que um macacão roubou e
comeu. Passado um bocadinho estava de língua de fora aos pulos!

– Depois no lago dos pinguins a Mariana deu um gelado ao
maroto que lhe tinha lambido o dela e foi uma loucura vê-lo a
mergulhar e a beber litros de água.

Nesta altura já o Tio Julião estava muito curioso sobre o final da
história:

– Mas o que é que fizeram para o elefante espirrar, o macaco saltar
e o pinguim não parar de nadar?

A Mariana fez uma pausa e deu a explicação:

– É que quando fomos ao restaurante pusemos pimenta,
muita pimenta no chapéu, na banana e no gelado!

– Mas isso não se deve fazer porque é uma maldade…

– Pois é, mas isto é uma história e nas histórias é tudo
a brincar! – respondeu a Francisca.

A história acabou e o pessoal foi para a cama dormir
e sonhar.

# AEROPORTO DA FANTASIA

O Tio Julião não é bisbilhoteiro mas estava muito curioso com a agitação no quarto dos brinquedos. Barulho não havia mas os primos andavam numa roda viva, sempre a entrar e sair.

Como a porta estava fechada o tio decidiu fazer uma coisa que ninguém deve fazer: espreitar pelo buraco da fechadura!

E o que viu, ninguém imaginaria!…

O quarto dos brinquedos transformado numa oficina, com os primos a trabalhar com grande entusiasmo.

– Passa-me a cola – pedia o Max.

– Eu preciso de um parafuso – implorava a Francisca.

– Está a ficar uma maravilha – comentava o Xavier.

No meio do quarto os primos estavam a construir um avião! Grande, capaz de levar alguém lá dentro. E esse alguém esperava pacientemente pelo primeiro voo. Era a cadelinha Luna que abanava o rabo de contente só de se imaginar a voar.

Ao ver, quer dizer, ao espreitar esta cena, o Tio Julião decidiu entrar.

Abriu a porta e perguntou com um ar mais ou menos autoritário:

– Então o que é que os meninos estão aqui a fazer?

– Não se está mesmo a ver que é um avião! – respondeu brincalhona a Mariana.

– Isso vejo eu, mas para o que é que isto serve?

– Serve para o que servem todos os aviões, para voar! – a gargalhada do primos foi geral.

O Max, que é conhecido como inventor, decidiu explicar melhor:

– Este avião está a ser construído por nós para aproveitar coisas que o tio, um dia destes, ia deitar fora. Lembra-se da caixa de papelão do frigorífico novo? Pois com ela fizemos o corpo do avião.

– O corpo do avião chama-se fuselagem – esclareceu o tio.

O Lourenço que tinha estado muito calado, limpou as mãos e continuou:

– Com as placas de esferovite que vinham lá dentro, fizemos as asas e o rabo.

– O rabo do avião, chama-se leme de profundidade – voltou o tio a ensinar.

– Pois. E depois, com duas vassouras velhas, fizemos as pernas – acrescentou a Mariana.

– Às pernas dos aviões chama-se trem de aterragem – o tio continuava a ensinar palavras novas.

A Francisca ainda não tinha dito nada:

– E com as rodas do meu triciclo fizemos as rodas do avião. Agora só falta a ventoínha…

– A ventoínha dos aviões chama-se hélice – o tio não parava – se vocês juntarem duas pás de plástico fica o problema resolvido. Boa?

– Os miúdos foram à arrecadação e de lá trouxeram duas pás do lixo já velhotas, ataram uma à outra e pronto, o hélice foi instalado no nariz do avião.

A cadela Luna olhava para aquilo tudo, muito interessada a ver o avião aparecer.

A decoração ficou por conta da Mariana que gosta muito de pinturas. No final o avião estava lindo, amarelo com riscas azuis e com umas letras pintadas nas asas.

– O que quer dizer TAB? – perguntou o Tio Julião quando o Xavier acabou de colar as letras, feitas em papel de um embrulho do Natal passado.

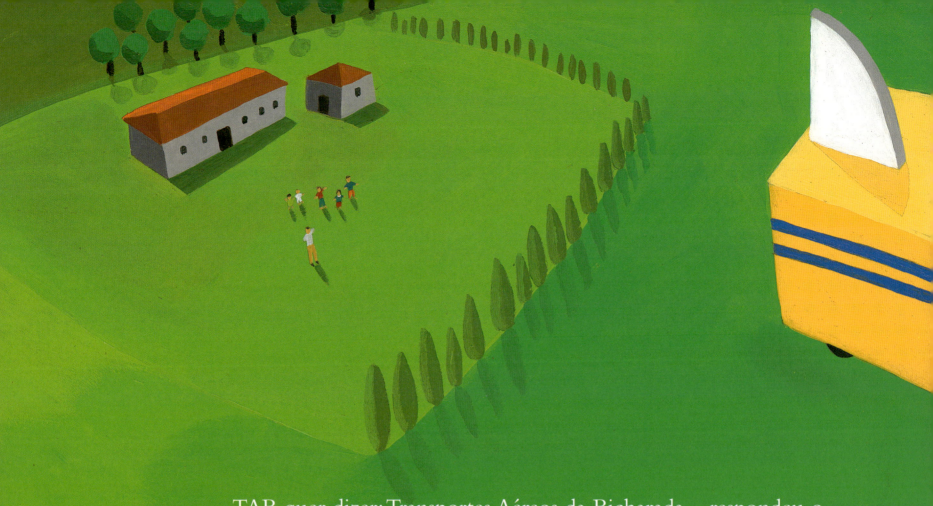

– TAB quer dizer: Transportes Aéreos da Bicharada – respondeu o grupo em coro.

Dito isto arrastaram o avião até ao jardim, que era inclinado, e a Luna pulou alegremente lá para dentro.

– Atenção, um dois, três, partida!

Os primos começaram a empurrar o avião que começou a rolar pelo jardim abaixo.

De repente largaram-no e ele lá foi. Pois foi. Quase como por artes mágicas o avião chegou ao fim do jardim onde havia um muro, não muito alto. Iria bater no muro?

Não! Levantou voo, passou-lhe por cima e aterrou no quintal do vizinho mesmo em cima do canteiro das couves.

Estava feito o voo inaugural. A Luna saiu do avião aos pulos de alegria e foi cumprimentar os primos que também davam vivas de alegria.

Tinha nascido a companhia aérea TAB, que ainda iria levar os primos para muitas aventuras.

OCEANÁRIO IMAGINÁRIO

Estava tudo preparado naquela manhã. Com as mochilas às costas parecia que o grupo ia fazer campismo. Mas não, iam fazer "oceanarismo" ou seja uma excursão ao fundo do oceano.

Já perto do edifício do Oceanário o grupo fez uma paragem num enorme espaço de relva, para descansar, lanchar e conversar.

– Ainda bem que parámos, estou tão cansado… – desabafou ofegante o Xavier – como sou o mais novo, a minha mochila veio sempre a arrastar pelo chão!

A Mariana, alta e espigadota, comentou a sorrir:

– Quem vai para o mar avia-se em terra! Espero que não tenhas perdido o equipamento!

– Atenção pessoal, vamos pôr em prática o plano A – avisou o Tio Julião.

O grupo sabia o que havia a fazer. Pousaram as mochilas e começaram a procurar algo de nariz e olhos virados para o chão. De repente a Francisca, a mais bisbilhoteira gritou:

– Alto, aqui está!

Dirigiram-se todos para o local e lá estava… uma tampa em ferro, muito semelhante à dos esgotos, mas que não era. Situada mesmo nas traseiras do edifício era a saída de emergência do Oceanário.

Num ápice foram todos buscar as mochilas, levantaram a tampa e desceram para o interior. Lá dentro, numa pequena sala, abriram os sacos onde vinham fatos de mergulho com garrafas e tudo. Desde um grande para o tio até um pequeníssimo para o Lourenço, que nasceu nos dias pequenos.

Agora, já todos equipados, a Francisca dirigiu-se à parede onde se via uma porta de ferro com uma roda tipo volante. Conforme a rodava, a água começou a entrar na sala até todos ficarem cobertos.

Aí, abriu-se a porta e o grupo de exploradores entrou no aquário!

Mas que espanto, passearem entre as rochas e algas, rodeados de peixes por todos os lados.

Como para além do respirador cada um trazia um microfone especial para se ouvir debaixo de água, podiam conversar. As vozes ficavam esquisitas mas dava para se entenderem.

Mal deu os primeiros passos, o Max que é pesadito, ouviu um grito:

— Tira os pés de cima de mim calmeirão.

O miúdo olhou para baixo, nada viu, mas afastou-se. Da areia saíu um peixe muito espalmado que lhe disse:

– Eu sou o linguado mas gosto de dormir descansado. Lá por ser fininho não tenho que ser pisado por quem passa!

Afastou-se a nado deixando o Max muito envergonhado.

Atrás de uma rocha, um grupo de douradas ensaiava uma dança. Como eram douradas, estavam vestidas para o festival da canção dos peixes, que se realizava naquela noite. De repente, o grupo parou apavorado encostado ao vidro do aquário. Mesmo à sua frente um tubarão abria a boca, capaz de os engolir a todos. Avançou para eles e…

– Não se assustem amigos que eu sou o tubarão mais pacífico do mundo. Estava a abrir a boca porque acabei agora de me levantar e ainda estou com sono!

Mais à frente via-se um polvo a fazer malabarismo com ouriços do mar. Também ensaiava para a festa e, claro que com os seus oito tentáculos, nenhum caía. Quando a Mariana se aproximou, o polvo largou uma tinta escura, a água ficou turva e o bicho desapareceu deixando o nariz da curiosa todo preto.

Só ninguém se riu para não engolir água, mas a Mariana ficou mesmo zangada.

25

A propósito, aquele aquário era lindo e sobretudo muito sossegado quase não se ouvindo qualquer som, a não ser o borbulhar do ar que vinha do fundo.

O grupo de exploradores assemelhava-se a um cardume de peixes estranhos a nadar de um lado para o outro. Passaram pelos carapaus que conversavam com as sardinhas e viram os salmonetes que, de tão encarnados mais parecia que tinham ido à praia sem pôr protector solar.

No fundo, os caranguejos andavam para todos os lados menos para a frente e as lagostas, sempre de antenas no ar, dirigiam o trânsito. O passeio era um nunca mais acabar de surpresas, quando o Tio Julião resolveu olhar para o vidro do aquário. Lá fora, uma multidão de visitantes divertia-se com este espectáculo imprevisto. Cinco miúdos e um matulão a nadarem ao lado dos peixes. Mas, no meio das pessoas destacava-se um cartaz que dizia:

«É proibida a presença de pessoas estranhas dentro do aquário. Multa ou prisão!»

Estavam descobertos! A única solução seria procurar uma saída. No fundo do aquário via-se um ralo largo por onde todos se enfiaram. A água, com uma corrente fortíssima aspirou-os e, no meio de remoinhos e correntes, foram todos parar à margem do rio que por ali passa. Em terra firme, começaram logo a despir os fatos de mergulhador.

– Então? Gostaram do mergulho nas águas da imaginação? – perguntou o Tio Julião ainda ofegante.

– Foi lindo, óptimo, em grande, bué da fixe! – respondeu o grupo em coro.

– Mas temos que voltar para irmos ainda mais fundo – observou o Xavier, enquanto arrastava a mochila a caminho de casa.

PARAÍSO DAS TARTARUGAS

A tartaruga é um bicho muito simpático mas nem sempre os homens a têm tratado bem.

Há alguns anos atrás, muita gente matava as tartarugas para com elas fazer uma sopa e depois aproveitar os ossos e a carapaça para vender.

Felizmente na Praia do Forte, as tartarugas são tão bem tratadas que cada vez há mais. Os homens bons daquela região do Brasil só querem que elas cresçam felizes e tenham muitos bebés.

Isto que estão a ler, é o que dizia uma senhora bióloga aos cinco primos sentados à volta dela, na areia quente da Praia do Forte.

– Querem fazer alguma pergunta? – disse sorridente a bióloga.

– Eu gostava de saber o que é uma bióloga!? – perguntou a Mariana.

– Uma bióloga é uma pessoa que estuda a natureza e todos os seres que lá vivem – respondeu de uma forma simples a senhora. – E mais?

O Max que estava entretido a escavar na areia, de repente viu um buraco cheio de ovos redondos e bem diferentes dos ovos de galinha:

– O que é isto?

– Acabaste de descobrir um ninho de tartaruga marinha que deve ter pelo menos 130 ovos. E cada ovo vai dar uma tartaruguinha.

O grupo dos primos meteu o nariz no buraco só para espreitar mas a Sónia, assim se chamava a bióloga, logo recomendou:

– Vamos já tapar o buraco com areia, porque é o calor que vai chocar os ovos.

A Francisca começou a atirar areia para o buraco, sempre muito curiosa:

– E a mãe da tartaruga onde está?

A Sónia esclareceu que a mãe já estava no mar mas o Lourenço ficou preocupado:

– Então ela não vai ver os filhos quando eles nascerem?

– Tens razão, nunca mais os verá – concordou a Sónia – e quando eles nascerem vocês vão ver o que vai acontecer.

O grupo continuou a passear pela praia, que se estendia entre coqueiros. Era uma paisagem linda, daquelas que só se vêem nos filmes.

Como estavam com sede pararam à sombra de um coqueiro e ficaram a olhar lá para cima, a ver se caía um coco.

Nisto, aparece no meio das árvores uma burrinha cinzenta com uma coroa de flores encarnadas na cabeça. Às costas trazia dois cestos cheios de cocos. O homem que a conduzia sorriu e disse:

– Os meninos querem beber água de coco, oferecida pela Madonna?

A burrinha chamava-se mesmo Madonna e ali ficou à espera que os primos matassem a sede. O homem abriu um furo no coco, meteu lá dentro uma palhinha e deu a provar ao Xavier:

– Mas que água tão doce e tão fresquinha – exclamou.

Todos beberam, disseram adeus à Madonna e seguiram praia fora.

E, logo à frente o que viram? De um buraco na praia saíam muitas, muitas tartaruguinhas a correr direitas ao mar. Tinham acabado de nascer e procuravam o sítio onde se sentiam bem.

As ondas atiravam algumas para trás mas elas não desistiam. Era preciso chegar ao mar antes que alguma raposa aparecesse e as comesse.

Muitas destas pequenas tartarugas iriam ficar pelo caminho, mas outras iam conseguir atravessar os mares a nadar, até voltarem à praia onde tinham nascido para pôr mais ovos. E assim se completava o ciclo da vida destes animais de casca grossa, mas muito amáveis e simpáticos.

Os primos, depois desta lição, mereciam um banho. Também eles correram para a água e começaram a brincadeira do costume, salpicando-se uns aos outros.

Eis, senão, quando se juntou ao grupo uma dúzia de tartarugas gigantes que pareciam dançar um bailado aquático.

Foi uma festa tão espantosa, que terminou com os primos às cavalitas das tartarugas, a fazer corridas e mergulhos até ao fundo daquela água transparente.

À noite quando adormeceram, os primos sonharam em como é bom ter em cada animal um amigo.

Hoje são as tartarugas, amanhã um macaco ou um pavão.

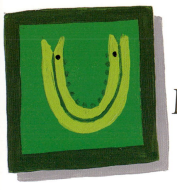M DIA NA SELVA

É claro que iam nervosos. Primeiro, porque nunca tinham ido à Flórida, que no fundo quer dizer florida por ter flores a crescer em todo o lado. Segundo, porque os crocodilos, se vivem numa Quinta, é porque não querem ser incomodados por ninguém.

Mas, como o Tio Julião tem a mania das aventuras, lá foram com ele.

Logo à porta tiveram uma surpresa:

– Ó tio, aqui não é a Quinta dos Crocodilos! – exclamou a Mariana.

– Olha que é…

– Não é, porque o que aqui diz é "Quinta dos Aligatores!"

O tio sorriu e explicou:

– Não se preocupem com os nomes porque aligator é uma espécie de crocodilo aqui da zona.

– Os aligatores são os doutores! – começou o Max.

– E os jacarés andam em bicos de pés – continuou a Francisca.

– Os crocodilos pesam quatrocentos quilos – saiu-se o Xavier.

– Lagartixas vestem-se às riscas – largou o Lourenço.

– E os lagartos são os sportinguistas! – e com esta a Mariana acabou com o jogo de versos de pé-quebrado.

Entretanto, lá passaram o portão da Quinta. Parecia que tinham entrado numa selva autêntica. As árvores enormes quase não deixavam ver o céu e o caminho de terra fazia-se entre lagos cheios de crocodilos de todas as espécies. É claro que tinham vedações à volta porque os crocodilos não são bichos de confiar.

O grupo parou à frente de um dos lagos, onde vários crocodilos tomavam banho, nadando só com movimentos muito lentos da cauda. Os que estavam na margem não mexiam nem os olhos.

– Eu acho que estes bichos não são verdadeiros – disse o Max com ar desconfiado.

– Olha que são – avisou o tio.

Ainda mal o Max fazia este comentário, já um menino de outro grupo que estava a visitar a Quinta resolvera ter uma ideia. Arrancou uma cana de um canteiro e com ela começou a fazer cócegas na cauda de um crocodilo enorme, que mais parecia uma estátua de plástico. A reacção não se fez esperar. De repente, o bicho abriu a enorme boca e deu um urro que fez abanar a Quinta toda. Depois, com a cauda, deu uma pancada numa árvore que a deitou abaixo. Virou-se e mergulhou na água, desaparecendo.

– Isto que vocês viram é a reacção normal de um crocodilo quando é provocado – explicou o tio. – Em terra defende-se com estas chicotadas da cauda e na água ataca com aquela bocarra cheia de dentes pontiagudos. Perceberam?

O tio olhou em volta, mas os primos tinham desaparecido.

– Meninos, ó meninos, onde é que vocês estão?

– Estamos aqui… – responderam umas vozes meio a gaguejar. Os primos tinham-se escondido numa casa de madeira coberta de folhas de palmeira.

A casa tinha muito pouca luz e eles demoraram um bocadinho a abrir os olhos. Quando se habituaram ao ambiente não ganharam para outro susto. No meio da casa, um rapaz vestido de explorador da selva, exibia uma cobra enorme à volta do pescoço.

– Ai, uma cobra! Fujam! – gritou a Francisca, que não gosta nem de minhocas.

Já iam a correr quando o guarda lhes disse:

– Não tenham medo porque esta gibóia é muito querida. Chama-se Boa e é mesmo muito boazinha. Todas as noites quando vou para casa levo-a comigo e trago-a na manhã seguinte.

Muito a custo o pessoal lá se sentou. Ficaram a saber que aquelas gibóias se alimentam de galinhas só uma vez por semana, não são venenosas mas que quando se zangam apertam.

– Como é que elas apertam? – perguntou o Lourenço, que se atreveu a tocar-lhe na pele.

– Querem ver? – perguntou o rapaz.

A gibóia enrolou-se num caixote de madeira e começou a apertar. Em segundos o caixote desfazia-se aos bocados.

–Vamos embora daqui! – pediu o Xavier que não é muito simpatizante de répteis. – Gibóia, para mim, só para fazer de bóia!

– Ou jacaré para fazer banzé!

– E crocodilo a tomar banho no Nilo!

– Os aligatores para tirar as dores!

– E os lagartos, lagartixas e lagartões, amigos para as ocasiões.

Depois de mais um jogo de versos feitos à pressa, o grupo tirou uma fotografia a fazer festas a um crocodilo de plástico, à porta da Quinta.

Parece tão verdadeiro que os primos andam a mostrar a foto na escola e a dizer aos amigos como são tão corajosos.

Acham que alguém acredita?

Os nossos primos tinham sabido da casa misteriosa, através de uma velhota que morava naquela rua onde já quase ninguém vivia.

Noutros tempos tinha sido uma rua de bonitas casas, sempre muito animada, mas a pouco e pouco as pessoas foram saindo à procura de outras paragens.

Como a rua ficava no fim da vila e toda a gente preferia o centro com casas novas, em poucos anos ficou reduzida a ruínas.

Dona Pacaró era a sua última habitante. Não tinha vontade de sair como os outros vizinhos e agora, muito só, sentia medo por causa das movimentações e ruídos da casa misteriosa.

A velhota contou a história na mercearia do bairro, o dono da loja contou à porteira do prédio onde vivem os primos e eles souberam de imediato.

Uma noite, o Max juntou-se com o grupo para brincar. Trazia um ar carregado:

– Vocês sabem que há um mistério qualquer na casa do fim da rua?

O grupo não sabia, nem desconfiava:

– Mas qual é o mistério?

– É que todas as noites há uma carrinha que pára à porta, saem lá de dentro umas caixas e ouvem-se uns sons que parecem de gente a chorar… – esclareceu o Max.

– E se fossemos todos lá ver? – desafiou a Mariana.

Claro que os primos não resistiram ao desafio e, logo nessa noite, resolveram partir para uma aventura na rua abandonada.

A melhor maneira de saírem foi dizer aos pais que estavam nas casas uns dos outros.

– Eu vou para casa do Max e do Xavier – mentiu o Lourenço.

– Nós vamos visitar a Mariana e a Francisca – inventaram o Max e o Xavier.

– Então vão e brinquem muito! – recomendaram todos os pais, muitíssimo enganados.

Até jantaram mais cedo. Como já era Outono, às 7 horas a noite começava a cair.

O grupo dos primos caminhou durante quase meia hora até chegar à rua abandonada.

Quanto mais andavam mais receosos pareciam.

As casas silenciosas, vazias, tristes, metiam medo.

Ainda por cima, a casa misteriosa era mesmo a última. A Francisca, como era a mais pequena, tremia como varas verdes.

– Estás com medo? – desafiou o Xavier.

– Não. Estou com frio porque devia ter trazido o casaquinho de lã – disfarçou a Francisca.

Quando se aproximaram da casa, verificaram que era a única com todas as janelas fechadas. Mesmo assim podia ver-se que havia luz por baixo da porta.

De repente, ouviu-se o ruído de um motor e os primos mal tiveram tempo para se esconderem no jardim. Foi tão rápido que a Mariana espetou um pico de uma roseira numa perna!

– Ai, ui, ui!

– Não grites – sussurou o Xavier.

Era a tal carrinha. Parou à porta da casa e de lá saíram dois homens transportando umas caixas de papelão.

A porta abriu-se, um homem enorme recebeu as caixas e desapareceu.

Mal a carrinha saiu, os nossos primos entraram pelas traseiras. Espreitaram pela fechadura de uma porta e o que viram?

A casa estava cheia de gatos e cães fechados na sala. No tecto, uma câmara de televisão e na cozinha um homem enorme olhava para um écran onde se viam os bichos, uns a dormir, outros a comer, mas muitos a miar ou a ganir baixinho. Os bichinhos estariam presos? E quem era aquele homem?

Os primos conseguiriam sair da casa sãos e salvos?

Com a respiração suspensa os nossos primos espreitavam, um de cada vez, pelo buraco da fechadura. Naquela sala estavam mais de vinte cães e gatos.

– Olha aquele casalinho de gatos brancos a namorar! – comentou o Xavier.

– Agora deixa-me espreitar! – pediu a Mariana, enquanto metia o olho no buraco da fechadura. – Aquele cão de pêlo encaracolado está a tocar viola?

Estavam os primos tão entusiasmados, que até se esqueceram do homem grande que, na cozinha, não tirava os olhos do écran a estudar o comportamento dos bichinhos.

Na sala, um gato siamês, sentado numa almofada, comia tranquilamente uma dúzia de bolachas, enquanto um cão dálmata, cheio de pintas pretas, andava de baloiço.

Até parecia que este grupo de bicharada estava feliz, mas a porta da sala fechada à chave e as janelas com as persianas em baixo, não deixando entrar luz, criavam um ambiente de mistério.

O Max foi o primeiro a ter uma opinião, mas em voz baixa:

– Eu acho que estes bichinhos estão presos e nós podemos libertá-los.

– Então vamos a isso! – sussurrou o grupo.

Com todo o cuidado o Xavier começou a dar a volta à chave para abrir a porta mas… a fechadura rangia de tanta ferrugem acumulada. Só o som da chave a dar a volta parecia acordar a rua toda. A porta abriu-se devagar e os primos entraram na sala.

Os bichos, que não estavam à espera de visitas, ficaram por instantes um pouco assustados, mas ao verem os sorrisos das crianças sentiram que estavam entre amigos.

O gato siamês saltou para o colo da Francisca e começou a lamber-lhe o nariz. O dálmata largou o baloiço e pendurou-se nos braços do Lourenço a baloiçar… é claro. O casal de gatinhos brancos que estava a namorar, acenava para a Mariana e mandava-lhe beijinhos.

Estava-se mesmo a ver que os bichinhos tinham percebido que os primos os iam libertar daquela casa.

A alegria era tão grande que nem se aperceberam da chegada do homem grande. Só quando a sua sombra enorme se projectou na parede é que todos se viraram para a porta.

– O que é que vocês estão aqui a fazer? – a voz do homem parecia um trovão.

– Nós, nós… – o Max e a Mariana gaguejavam – nós abrimos a porta porque estes bichinhos querem sair desta casa…

– Mas eu quero-os dentro desta casa, para saber como é que eles se comportam fechados durante um mês!

A Francisca sempre sorridente, resolveu fazer uma pergunta:

– Como é que o senhor se chama?

– Chamo-me Bonifácio Brutamontes, B. B. para os amigos.

– E para os inimigos! – gritou o Xavier.

Foi aí que o B. B. se zangou:

– Para não serem bisbilhoteiros, agora também vão ficar fechados na casa! – e, dito isto, fechou a porta e deu a volta à chave.

Agora, os primos e a bicharada estavam fechados na sala enquanto o B. B. os via no televisor instalado na cozinha. Como é que eles iriam escapar desta?

No silêncio que se seguiu, muitas coisas aconteceram.

O B. B. adormeceu na cozinha a olhar para o televisor e a Mariana, escondida atrás do sofá, pegou no telemóvel e com voz muito baixinha mandou uma mensagem ao Tio Julião:

– Tio, tio, estamos presos na casa misteriosa. Venha libertar-nos!…

Passados dez minutos, dois carros entraram na rua abandonada a alta velocidade. À frente o do Tio Julião, seguido pelo da polícia.

Num salto entraram na casa e ainda apanharam o B. B. a dormir na cozinha. A porta da sala foi aberta a pontapés porque a chave tinha desaparecido e os primos e a bicharada saíram para a rua.

Estavam todos em liberdade!

Como os cães e os gatos não tinham para onde ir, dormiram naquela noite nas casas dos primos.

O B. B. dormiu na prisão. Os homens que lá iam a casa levar-lhe os animais roubados também não iriam escapar.

Mas os primos também não escaparam a um ralhete dos pais, por terem mentido e saído de casa, para uma aventura que poderia ter sido perigosa.

MONSTRO DAS NEVES

A Serra da Estrela é a mais alta de Portugal. Tão alta que quase toca nas estrelas. Neste tempo de Inverno, a serra veste-se com um manto branco de neve que atrai muita gente.

Os cinco primos nunca tinham ido à neve, mas o Tio Julião decidiu fazer-lhes a surpresa de um fim-de-semana diferente.

— Nós vamos para a neve mas temos que ir vestidos à maneira — sentenciou a Francisca que adora roupinhas.

— Se calhar querias ir de fato de banho e chinelos! — troçou o Max que também sabe tudo.

— Na véspera da partida foram comprar roupa própria para a neve, fatos quentes, botas, gorros e luvas… e até protector solar porque o sol de Inverno também queima.

A viagem para a serra foi uma animação. Estrada fora, planeavam o que iriam fazer naqueles três dias.

O Xavier que é todo atlético não se ficava por menos:

— Eu vou fazer saltos de esqui como aqueles que costumo ver na televisão. Vou dar um salto de mais de cem metros!

O pessoal largou a rir:

– Tu vais é bater com o nariz na neve logo no primeiro metro!

A Mariana que adora bailado já sonhava alto:

– Vocês vão ver-me a dançar na pista de gelo e a fazer piruetas em patins!

Nova gargalhada geral:

– Prepara-te para dares uma pirueta com o rabinho no chão! E olha que está gelado!

No meio desta algazarra toda, o grupo chegou ao seu destino.

Estavam encantados com o que viam. Tinham ficado instalados numa cabana de madeira, no alto da serra, de onde se descia para um vale todo coberto de branco.

A bagagem ainda mal tinha sido descarregada para dentro dos quartos, já os primos corriam para a neve que se estendia desde a porta de casa.

– Ai que coisa fofa! Parece um prato de farófias em grande!

– Vamos fazer um boneco de neve! Não me atires com bolas, senão também levas!

E foi o que se viu. O primeiro acontecimento foi uma batalha de bolas de neve com trambolhões à mistura. O próprio Tio Julião, quando vinha a sair de casa, levou com uma no nariz.

– Alto e pára o baile, quer dizer, pára o jogo! Vamos para a nossa primeira lição de esqui.

O grupo seguiu o tio e finalmente todos perceberam que tudo é fácil, mas só depois de aprendermos. Depois de um trabalhão a colocar os esquis, sempre com a ajuda do treinador, o grupo lá começou a tentar caminhar na neve.

Primeiro começavam a deslizar e as pernas iam abrindo, abrindo. Quando já não podiam mais:

– Ai, ai que vou cair e záz, com o traseiro no chão.

Mais risota, mais uma tentativa e dúzias de trambolhões. Cansados, mas convencidos que no dia seguinte ia ser melhor, os primos terminaram o dia a deslizar em pranchas de plástico pela encosta abaixo!

– Foi muito curtido! – comentava o Lourenço, já à noite, quando jantavam junto à lareira na cabana.

De repente, a Francisca que olhava pela janela, largou um grito:

54

– Ai que vai ali um monstro!

Todos correram para as janelas e, de facto, via-se ao fundo uma silhueta negra reflectida na neve. Enorme com dois braços, deslocava-se lentamente até que desapareceu no escuro.

– É o abominável Homem das Neves! – dizia o Max que tinha lido uma história, passada nos Himalaias, de um monstro que lá tinha vivido.

– Não é nada, é um E.T.! Se calhar veio de Marte passar aqui o Inverno.

No meio dos palpites, foram todos para a cama. Tão cansados estavam, que adormeceram de imediato, a sonhar com o abominável Homem das Neves.

Na manhã seguinte quando o grupo caminhava para a escola de esqui, o Tio Julião parou e gritou-lhes:

– Pessoal, venham ver o abominável Homem das Neves!

Quando se voltaram, viram uma máquina enorme, com dois braços e pás nas extremidades, a tirar a neve do caminho. Aquilo era o tal monstro das neves!

São muito imaginativos estes sobrinhos! Mas vieram do fim-de-semana já a saber deslizar na neve. Cinco metros, não mais.

BOLO-REI CASOU-SE

A pastelaria "Estrela D'Alva" era famosa pelo seu bolo-rei.

O pasteleiro-chefe, senhor Albino Branco, todo vestido de branco e de cara enfarinhada, comandava uma espécie de exército de pasteleiros, pasteleiras, cozinheiros e cozinheiras que trabalhavam dia e noite para que toda a gente pudesse levar para casa o célebre bolo-rei.

Os misturadores juntavam a farinha, os ovos e o açúcar numa grande panela, vinham depois os batedores, que batiam a massa com quanta força tinham, zás, zás… e ela nem se queixava.

Depois da massagem era a vez dos escultores que faziam rolos com a massa, juntavam as pontas e davam a forma final aos bolos.

Finalmente, entravam em cena os decoradores que os enfeitavam com frutas cristalizadas, escondendo debaixo de algumas as prendas e as… favas!

Quando saíam do forno, vinham morenos, bronzeados e bem cheirosos como se tivessem estado na praia.

Lá fora, no balcão da pastelaria, muita gente esperava pelos bolos acabados de sair do forno para os levar fresquinhos.

Fresquinhos é uma maneira de dizer, porque o que eles vinham era quentinhos!

Os nossos primos tinham uma encomenda grande: três bolos-rei porque na noite de Natal a família ia estar toda junta.

– Eu quero que me saia um computador! – dizia a Mariana, a pensar que num bolo-rei cabia uma prenda tão grande.

– Eu cá prefiro um Nenuco! – suspirava a Francisca que adora bebés.

– A minha prenda vai ser uma barco de piratas! – o Lourenço não imaginava que é mais fácil um bolo-rei caber dentro de um barco do que o contrário.

Assim que o empregado da pastelaria lhes entregou as caixas com os bolos, os nossos primos correram para casa.

Não, não iam fazer os trabalhos da escola porque estavam em férias, mas também não iam ajudar às decorações de Natal porque tinham sido feitas e ficaram lindas no princípio de Dezembro.

Com os bolos em cima da mesa da casa de jantar, não resistiram à tentação.

– E se nós fossemos espreitar onde estão as prendas? – sugeriu o Max.

– É só levantar as frutas… – acrescentou o Xavier.

– Acho melhor não mexer – recomendou a Mariana.

Mas, como de recomendações está o Inferno cheio, os nossos primos começaram cuidadosamente a levantar as fatias de laranja, de abóbora ou as cerejas que enfeitavam o bolo-rei.

E o que descobriram eles? Apenas um papelinho enrolado que dizia: «Para os mexilhões não há prendas!»

Entretanto, na cozinha da pastelaria o trabalho continuava: mistura, bate, enrola, enfeita e forno.

Nessa noite o pessoal estava tão cansado que adormeceu, uns encostados às bancadas, outros sentados no chão já não eram capazes de fazer nem mais um bolo-rei.

Só o pasteleiro-chefe se mantinha acordado.

De repente, no silêncio da cozinha ouviu-se uma voz triste:

– Ó senhor pasteleiro estou aqui tão só…

O senhor Albino olhou para o lado e viu em cima da bancada um bolo-rei ali esquecido e que não tinha ido ao forno.

Embora admirado por ver um bolo-rei a falar, perguntou-lhe:

– Estás triste porquê?

– Porque estou sozinho.

O pasteleiro teve então uma ideia luminosa. Com o que restava da massa fez um bolo em forma de coração e disse:

– Aqui está um bolo-rainha. Agora vão os dois para o forno.

Ao som de uma marcha nupcial, os dois bolos entraram no forno e por lá ficaram uma hora.

Quando a porta do forno foi aberta sairam de lá o bolo-rei, o bolo-rainha e uma série de bolinhos-príncipe.

Só por magia é que estas coisas acontecem…

Fim do Ano cá em casa
com os sobrinhos!

VEM AÍ O ANO NOVO

Ia ser um espectáculo a passagem do ano naquela casa. O Tio Julião e a Tia Juliana tinham preparado uma festa de arromba, para dizer adeus ao Ano Velho. Realmente não tinha sido um bom ano, cheio de guerras e com tantos meninos sem alegria.

Agora que aí vinha o Ano Novo e a Esperança, era preciso recebê-los de braços abertos.

A sala estava decorada com balões e serpentinas de várias cores. Na mesa não faltava nada: croquetes, sandes e muitos bolos com especial destaque para o rei, mesmo no meio. Por todo o lado se viam os brinquedos que os cinco primos tinham recebido no Natal.

– Despachem-se meninos porque as visitas estão a chegar!

A Tia Juliana estava linda com um vestido comprido todo branco.

O Tio Julião de fato preto e gravata encarnada parecia um noivo:

– Eu sempre quero ver como é que vocês aparecem para a passagem de ano!

Meu dito, meu feito! Pela porta da sala entrou uma embaixada nunca vista.

À frente vinha o Lourenço vestido de Buzz Light Year, igualzinho ao do Toy Story. Deu um salto para cima do sofá e anunciou:

– Com o Buzz em acção, fuja quem é ladrão!

Logo a seguir ouviu-se um grande barulho e um enorme escadote entrou pela porta. Debaixo do escadote vinha o Max vestido de Bob The Builder, com uma caixa de ferramentas, latas de tinta e pincéis:

– O que for preciso arranjar, é só o Bob chamar!

Todos os convidados começaram a bater palmas quando entrou a Francisca vestida de Ariel, a Pequena Sereia. O problema é que a cauda de peixe não a deixava andar muito bem. Ao tentar chegar à mesa, prendeu a barbatana no tapete e quase deu um trambolhão! Foi salva pelo Xavier que, vestido de Peter Pan, deu um voo e conseguiu segurar a Francisca antes dela cair em cima de um pudim flan.

Ao som das trombetas, apareceu a Mariana vestida de Aurora, A Bela Adormecida. O vestido era lindo e a menina parecia que tinha saído de um conto de fadas. No meio da sala deu duas piruetas e foi-se sentar num sofá que mais parecia um trono.

Meia-noite!
Os meus heróis-sobrinhos!

A festa começou! Toda a gente comia, brincava e dançava no meio da maior animação.

A meia-noite estava cada vez mais perto. Lá fora, nas ruas cobertas de neve, muita gente cantava e pulava aquecendo a cidade com o calor da amizade.

– Já só faltam cinco minutos! – anunciou a Tia Juliana.

– Vamos buscar doze passas para os nossos desejos! – recomendou o Tio Julião.

Toda a gente juntou as doze passas, os mais velhos pegaram em taças de champanhe e os miúdos, claro, encheram copos de sumo de laranja.

A música estava muito mais alta quando todos começaram a contar os últimos segundos do ano que se despedia:

– Dez, nove, oito, sete, seis, cinco, quatro, três, dois, um! Pum, Pum, – o som das rolhas a sair das garrafas de champanhe, misturava-se com os foguetes que subiam aos ares enchendo o céu negro de desenhos de todas as cores.

Mas a passagem de ano ia ter um momento de magia.

De repente uma nuvem de luz e pequenas estrelas entrou na sala e passou por cima dos brinquedos do Natal. De imediato todos ganharam vida.

A Jessie, do Toy Story, saltou do cavalo e foi abraçar o Lourenço, vestido de Buzz. O Max, entretido a pintar uma parede, quase nem reparou na Barbie que lhe deu um beijinho. A Francisca, Pequena Sereia, deu a barbatana ao Caranguejo Sebastião enquanto o Xavier, Peter Pan, voava pela sala de mãos dadas com a Fada Sininho. A Mariana, Bela Adormecida, viu o Príncipe dirigir-se a ela e pedir-lhe para dançar.

O resto da noite do Novo Ano foi um Baile de Mil e Uma Noites com os primos a viverem um sonho acordados.

Quanto à nuvem mágica, subiu ao céu onde escreveu em tons de prata a palavra PAZ!

E viva o ano que vem!

Índice